Sandy Jud

„Sorry gäh…"
Spitze Feder 1

AF200724

Sandy Jud

„SORRY GÄH…"

Spitze Feder 1

Bibliografische Information der Deutschen Nationalbibliothek:
Die Deutsche Nationalbibliothek verzeichnet diese Publikation in
der Deutschen Nationalbibliografie; detaillierte bibliografische
Daten sind im Internet über http://dnb.dnb.de abrufbar.

Konzept und Realisation, Text und Abbildungen / Gesamtverant-
wortung: Sandy Jud
Layout Umschlag und Inhalt: Sandy Jud
Herstellung und Verlag: BoD – Books on Demand, Norderstedt

ISBN: 9783749450312

Jeder noch so widrige Umstand kann zur Normalität werden, wenn man ihm nur genügend Zeit einräumt...

Zur Autorin

Sandy Jud wurde 1982 am Zürichsee geboren, wo sie auch heute noch lebt. Sie hat schon viel ausprobiert in ihrem Leben. Gestartet als Drogistin, war sie u.a. als Koordinatorin für Telefonbücher zuständig, plante Photovoltaikanlagen, verkaufte Backwaren und Gemüse und arbeitete auf verschiedenen Baustellen in der Schweiz. Heute ist sie als Visagistin und Dozentin tätig, malt grosse Acrylgemälde, illustriert Kinderbücher und schreibt leidenschaftlich gerne Kolumnen und Kurzgeschichten über alltäglich Sonderbares.

„Sorry gäh…", entstand aus ihrem Blog „Spitze Feder", den sie unter www.sanjustar.com betreibt.

Sali, Grüezi und herzlich willkommen

Hallo, schön, dass du da bist lieber Leser. Ich schreibe ganz bewusst „Leser" und nicht „LeserInnen", denn dieser ganze Emanzen-Schniggischnaggi-Scheiss geht mir gehörig gegen den Strich. Ob du nun Schnauz trägst oder Stögis und Büstenhalter, mir ganz schnurz, Hauptsache du bist da.

Ich habe niemals einen Schreib- oder Grammatikkurs belegt, aber ich habe Augen im Kopf und zwei gesunde Hände. Ich schreibe, wie mir der Schnabel gewachsen ist, mal lustig, mal frech, oftmals politisch inkorrekt, aber immer frisch von der Leber weg und mit vollem Herzen. Ich schreibe über alltäglich Sonderbares, über Dinge die mich bewegen. Ich schreibe, um sie nicht zu vergessen, ich schreibe aber auch, um sie endlich loszuwerden...

Mir ist ganz bewusst, dass du nicht immer gleicher Meinung mit mir sein wirst, lieber Leser. Vielleicht findest du dies oder jenes ganz daneben und mich anschliessend saublöde, alles möglich, aber sollte dich die eine oder andere Geschichte wirklich in irgendeiner Weise tüpfen, dann – sorry gäh. Eventuelle Ähnlichkeiten mit lebenden Personen kann ich im vornherein nicht pauschal ausschliessen, denn diese liegen alleine im Auge des Betrachters, sind manchmal nicht zu vermeiden, oftmals sogar gewollt.

Und nun, tauch ein in meinen Alltag, fahre mit mir zusammen Zug, besuche magische Orte wie die Badiwiese, hinterfrage eingefahrene Muster und hab den Mut, neue (vielleicht steinige) Wege zu gehen. Auf geht's!

Deine Sandy

Mehr Gummibänder braucht die Welt!

Hallo, schön, dass du da bist. Ich hab mal vor nicht allzu langer Zeit in einem Grossraumbüro gearbeitet. Wie das war? Manchmal lustig, oft nervenaufreibend, aber durchwegs immer interessant. Man lernt seine Kollegen von einer ganz anderen Seite kennen. Während der Kollege zu meiner Rechten sich sinnlich sein Gesicht mit „Crème De la Mer" eingerieben und danach eine ordentliche Brise von Jean Paul Gaultier nachgelegt hat (nein, er beteuerte stets nicht schwul zu sein), hat der Kollege zu meiner Linken sich um halb neun Uhr morgens bereits die ersten Wiener-Würstchen in die Luke gepfiffen (kalt aus dem Glas versteht sich, ja ich weiss, als Schweizer kaum zu ertragen). Das konnte bloss der Kollege hinten am Fenster noch toppen, der sich um dieselbe Uhrzeit ein feines Ofenpoulet gönnte.

Versteh mich nicht falsch. Ich liebe Hühnchen, aber nicht zum Frühstück. Die Assistentinnen (und dazu habe auch ich gehört), haben sich den neusten Klatsch aus dem Dschungel erzählt (ja genau, holt mich hier raus!) und manchmal aus voller Kehle ein Liedchen geschmettert

(Manamana…). Die älteren Semester haben die Raucherecke vermisst und sich mit erhöhtem Kaffeekonsum über den Nikotinentzug hinweg gerettet. Doch, doch, man konnte schon nach draussen um Rauchen zu gehen, aber dazu waren die meisten dann doch zu bequem. Ach ja und geflucht wurde natürlich, was das Zeug hält. Worte, die ich liebend gerne in meinen Wortschatz aufgenommen und verinnerlicht habe (Verfluechtverblödeteverfiggtesauhundscheibarschlochwixbrichtverdammtedamminamal). Die Anbiederung meiner männlichen Kollegen an das weibliche Geschlecht war oft sehr interessant mitanzusehen, manchmal war auch Fremdschämen mit im Programm. Bevor die ganze Belegschaft in dieses „Büro des Grauens" eingezogen ist, hatte jeder sein kleines Revier. Eine gut in sich funktionierende, kleine Welt, in der man König und Diktator zugleich sein konnte. Man lernt viel über den Menschen allgemein und seine sozialen Angewohnheiten in einem Grossraumbüro. Hier war keiner mehr König oder Diktator, hier waren wir alle schnöder Pöbel. Man hat uns zwar vage vorbereitet, uns eingehämmert, dass Rücksicht das A und O in einem

Grossraumbüro wäre, und, haben wir's getan? Rücksicht genommen? Manchmal schon, selten oft, aber eben nicht immer…

An einen ganz besonderen Tag mag ich mich gerne zurückerinnern. Nachmittag, irgendwann im Hochsommer. Drückend heiss auf der Etage. Dank kontrollierter Lüftung war ein manuelles Öffnen der Fenster unmöglich. Herzlichen Dank auch ihr Labels. Du musst dir das folgendermassen vorstellen. Ungefähr zwanzig Leute, die mehr oder weniger wichtigen Kram zu erledigen haben (Rapporte, Audits, irgendwelche Listen… gähn). Die Sonne brennt auf die Scheiben, die Sonnenstoren gehen wenn, dann viel zu spät herunter (natürlich auch kontrolliert, Dankeschön). Der Schweiss läuft einem den Rücken hinunter. Es ist unerträglich. Die Luft? Zum Zerreissen. Die Stimmung? Grauenhaft. Alle genervt bis zum Anschlag. Und dann geschah es. Ganz still und leise flog auf einmal ein Gummiband durch den Raum. Ja genau, eines dieser braunen kleinen Dinger, die auf allen Schreibtischen liegen. Ich bin mir nicht mehr ganz sicher, aber ich glaube, das Sekretariat hat angefangen, sorry gäh... Dieses Gummiband hatte natürlich sein Ziel nicht verfehlt, das rote Ohr des Kollegen sprach Bände und schrie förmlich nach einer Revanche. Die folgenden zehn Minuten war der Teufel los. Gummibänder schossen in einem Affenzahn quer durch den Raum. Männer und Frauen jeden Alters suchten Deckung hinter Ordnern und Akten-Schränkchen, zielten und schossen, als würde es um ihr Leben gehen. Alle gegen alle – was für ein Spass! Es fitzte an Armen, Beinen, Ohren und Gesässen, kein Ort blieb von den braunen kleinen Geschossen verschont (ja, auch die Kronjuwelen der männlichen Kollegen mussten dran glauben). Keine Liste und keine Tabelle, die nicht durch den Raum flogen. Statt fluchen war in diesen Minuten bloss Gejohle und Gelächter zu hören. Jede Kita war eine Trauerfeier dagegen. Wenn Erwachsene sich über alle Konventionen hinwegsetzen, und wenn auch bloss für eine kurze Zeit, dann aber zünftig. Der Chef machte dem bunten Treiben dann schliesslich ein Ende. Den merkwürdigen und stets lauter werdenden Rufen und Schreien folgend, trat er aus seinem kleinen „Ein-Mann-Büro" (auch Zelle genannt) und

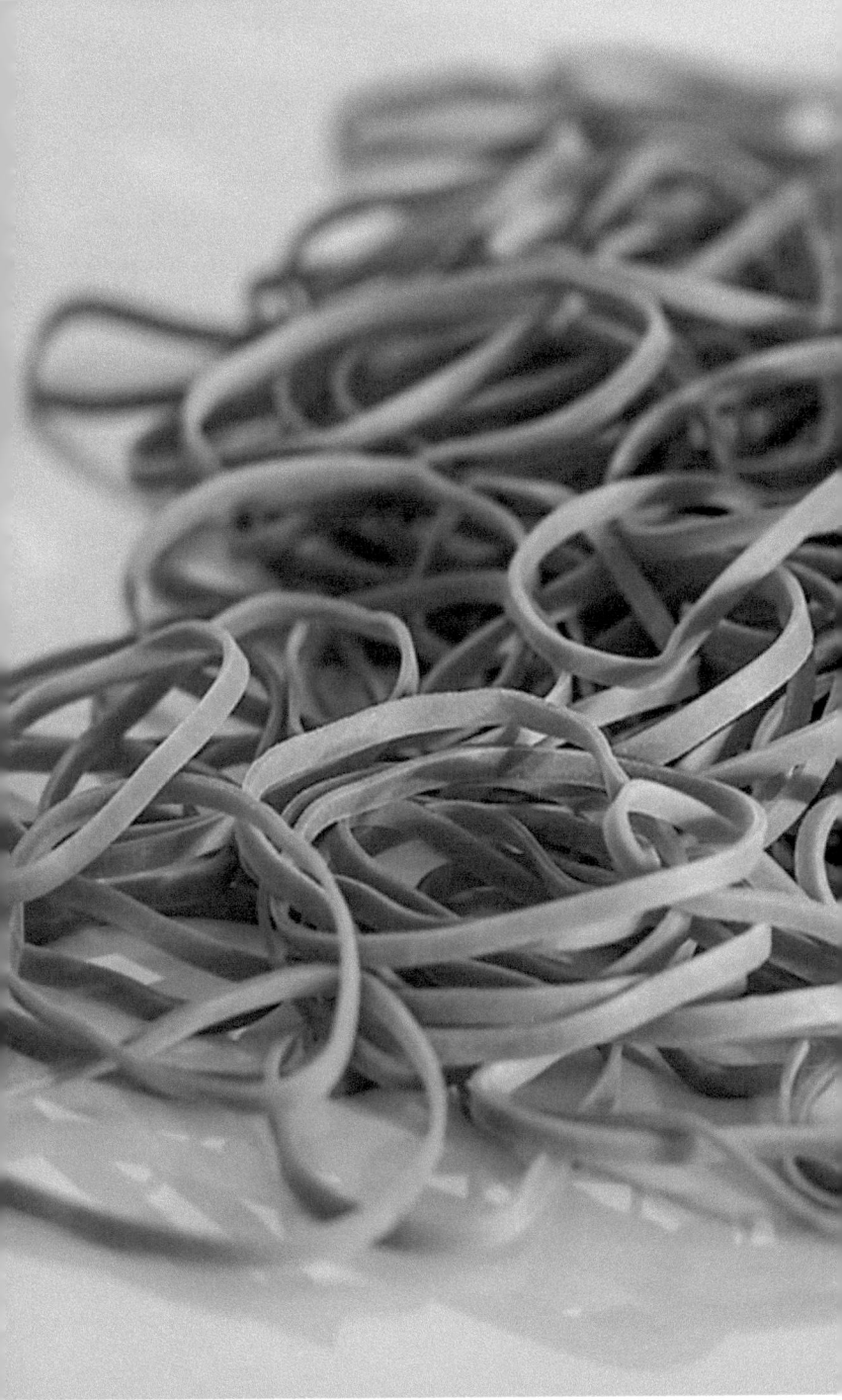

beendete die Schlacht. Erklärungen unserer Seite her, dass man Dampf ablassen musste und dies die schönste Art war, um es tun, wurden mit strenger Miene entgegen genommen. Das leichte Blitzen in den Augen und die zuckenden Mundwinkel verrieten uns aber die stille Übereinkunft, Verständnis und vielleicht sogar ein klein wenig Bewunderung. Und so störte es den Chef wohl auch nicht besonders, als er beim Wegtreten einen kleinen Flitzer am Popöchen wahrnahm und wir uns alle wieder unseren mehr oder weniger wichtigen Angelegenheiten zuwandten. Der Moment war vorüber.

Und ich denke so bei mir, dass ein Grossraumbüro auch ein klein wenig mit der Welt zu vergleichen ist. Lauter verschiedene Charaktere, die miteinander auf engstem Raum klarkommen müssen. Tag für Tag versuchen nebeneinander und miteinander zu leben, Kompromisse einzugehen, über Macken hinwegzusehen, ihre Arbeit zu erledigen um dann doch am Tag „x" mal eben in die Luft gehen.

Mehr Gummibänder braucht die Welt!

Emanzipation ist um etwas zu kämpfen, das man auch umsonst haben könnte

Hallo, schön, dass du da bist. Heute will ich mich mal ein bisschen kritischer äussern. Auf die Gefahr hin, dass mich alle Feministinnen nun verteufeln, aber dieses ständige Gleichstellungsding hängt mir echt langsam zum Hals raus. Ganz ehrlich, ich möchte nicht Mann sein. Als Mann weiss man ja heute gar nicht mehr, wie man sich zu verhalten hat. Hält der Mann die Türe nicht auf, ist er ein Macho-Schnösel ohne Manieren, hält er sie auf, gelangt er sicherlich an eine Emanze, die ihm unterstellt, er glaube, sie sei zu schwach, dies selber zu tun... Leute, egal wie's die Herren heute machen, es ist verkehrt. Ich wage mich hier mal in die Höhle des Löwen und schreibe ganz ehrlich: Ich freue mich über jeden Gentleman, der mir über den Weg läuft! Ich freue mich, wenn mir jemand die Türe aufhält, mich zum Kaffee einlädt, mir die schweren Tüten trägt, mir in den Mantel hilft! Das freut mich! Aber aufgepasst, alles freiwillig! Ich habe auch kein Problem damit, mein Essen selber zu bezahlen oder dem Mann die Türe aufzuhalten. Sagen wir's mal so, ich bin da flexibel...

Und ehrlich liebe Frauen. Wenn wir ein bisschen nett zum anderen Geschlecht sind (bitte nicht falsch verstehen), vielleicht einmal mehr Danke sagen und mal nett lächeln (statt immer e sonen huere suure Stei z'zieh), geht vieles einfach von selbst. Auch die Männer freuen sich über Höflichkeit und Anstand. Ich sag's ja. Emanzipation ist um etwas zu kämpfen, das man (mit ein bisschen Nettigkeit) auch umsonst haben könnte. Und wenn wir schon dabei sind, liebe Frauen in der Arbeitswelt da draussen. Ich habe auf Baustellen gearbeitet und weiss was es heisst, in einer Männer-Domäne als Frau zurecht zu kommen. Man muss sich weder als Mannsweib aufspielen, noch die zerbrechliche Tussi spielen. Seid einfach Frau. Seid einfach NORMAL! Es funktioniert! Klar, leisten wir Frauen dasselbe wie die Männer, aber wir kosten den Arbeitgeber auch mehr. Ist so, sorry gäh. Und bei einer Schwangerschaftsübelkeit könnt ihr nach Hause gehen. Hat das ein Mann jemals gekonnt? Und bei Menstruationsbeschwerden soll FRAU ja in gewissen Ländern sogar der Arbeit fernbleiben dürfen. Und wo bleiben da die Rechte der Männer? Wo muss es bei denen denn bluten, damit die ausschlafen dürfen? Und wenn ihr schon unbedingt alle Rechte haben wollt, dann übernehmt bitte aber auch alle Pflichten. Dann schleppt die sauschweren Kästen Bier selber nach Hause, montiert die neue Garderobe alleine und hört endlich auf, euch ständig zu beklagen! Wer A sagt, muss auch B machen...

Geniesst euer Leben, eure Freiheit, geniesst die Vorzüge Frau zu sein, anstatt sich genau darüber zu beklagen! In unserem Land haben wir Frauen ja wohl alle Rechte, die man sich nur wünschen kann (dafür wurde damals hart gekämpft und ich finde das wirklich bewundernswert). Und nun kommt ihr, sprecht von fehlender Gleichberechtigung. Hat schon eine Nase, gebe ich zu, denn ins Militär müssen wir Frauen ja auch nicht (ich bin ja soooo froh darüber) und Männer können nun mal halt noch immer keine Kinder kriegen. Da könnt ihr Kopf stehen. Also hört auf, jedes Wort mit -/Innen abzuschliessen, bloss damit die Hardcorde-FeministINNEN nicht wieder ins TV sprinten um Rabatz zu machen. Lasst die Ampel-Männchen, Ampel-MÄNNCHEN sein und macht nicht wieder Griitibänz-FRAUELI, denn die sehen einfach nur bescheuert aus und kosten 80 Rappen mehr. Es ist einfach bloss lächerlich, als ob wir sonst keine Sorgen hätten. Also seht es endlich ein. Wir werden niemals gleich sein. Und ganz ehrlich, wer will das schon!?!

Und zum Schluss ihr lieben Leute. Lasst uns endlich wieder Männer und Frauen sein. Mit allen Rechten und Pflichten, Vor- und Nachteilen. War schon immer so. Da kann ich nichts Verkehrtes daran erkennen. Seid ein wenig toleranter miteinander. Konnte ja schliesslich keiner wählen bei seiner Geburt, was er sein will. Vielleicht freut MANN sich über diesen Text, vielleicht regt FRAU sich darüber auf – sorry gäh. Mir egal. Macht was ihr wollt. Mich freut es auf alle Fälle, wenn mir das nächste Mal ein Mann die Türe aufhält.

Danke übrigens, sehr nett von Ihnen mein Herr!

Ungeschriebene Gesetze

Hallo und guten Morgen! Wie du weisst, arbeite ich ab und zu als Dozentin an einer Schule. Um da hinzugelangen, muss ich jeweils mit dem Auto durch die Stadt fahren. Gestern war's wieder mal ganz extrem. Ich hätte da nämlich mal eine Frage…

Gibt es ein ungeschriebenes Gesetz das besagt, dass Verkehrsregeln für Fahrradfahrer nicht gelten? Also Vortritt, Handzeichen, rote Ampeln? Weiss ich da was nicht? Ich habe gestern fünf (ja fünf!!!) Velofahrer mit Vollschnuuz über rote Ampeln blochen sehen. Ich bin ja nicht von Haus aus böse, aber wenn's mal einen solchen Velöler tüpft, mir wär's egal, sorry gäh. Also tausend Mal lieber als Nachbars Katze…

Und weisst du was? Die kann man ja nicht mal schubladisieren! Das sind Alternative, Konservative, Familienväter, Businessweiber, Bürohengste, Velokuriere, Mamis mit Anhängern und Zwergen drin, um es hier mal nicht unnötig in die Länge zu ziehen – einfach quer durchs Beet.

Am liebsten habe ich ja die vollmotivierten Sonntagsfahrer mit ihren schnittigen Hörhilfe-Shirts, den grünen Radlerhosen und den roten Köpfen, die ganz vergiftet vor der nächsten Herzschwäche davonradeln (auf der Strasse, nicht auf dem dafür vorgesehenen Veloweg, versteht sich) und am allerbesten noch nebeneinander. Ehrlich Mensch! Ich würde ja auch gerne, aber ich kann doch auch nicht mit dem Auto neben meinen Kollegen herfahren, um ein bisschen zu quatschen. Also das geht schon, genau einmal...

Wo also steht geschrieben, dass man als Zweiradler das alles darf? Wieso kriegen die niemals eine Busse? Auch sie gefährden Leben (und nicht bloss ihr Eigenes!), indem sie einfach so auf den Bürgersteig wechseln, wenn's mal wieder Rot wird oder quer über die Kreuzung flitzen! Als Autofahrer ist man immer der Stärkere, das ist schon richtig, aber auch als schwächere Partei kann man sich doch an Regeln halten, oder bin ich da spiessig? Die Polizei würde wohl ihre Einnahmen drastisch erhöhen, bekäme jeder mal eine saftige Busse, der sich so rücksichtslos im Verkehr verhält.

Aber weisst du was? Sie nehmen's lieber von den Autofahrern. Stellen überall (also wirklich an jeder bescheidenen Ecke) einen Blitzkasten auf und bei 1km/h zu viel, musst du 40 Stutz blechen. Ja, mir passiert, ärgerlich…

Als Autofahrer bist du ohnehin gestresst, wenn du in der Rushhour durch die Stadt fahren musst (also mir geht das so und nein, ich kann die Zeiten nicht beliebig wählen, ich muss arbeiten gehen). Wenn mir dann noch alle um die Ohren sausen, geht bei mir der Laden runter, ehrlich. Also liebe Fahrradfahrer. Ich bin nach wie vor der Meinung, dass auch für euch die allgemein gültigen Verkehrsregeln gelten. Also bitte, haltet euch auch daran. Aber es muss ja zuerst wieder einer platt am Boden kleben, damit die Köpfe zur Besinnung kommen.

Und by the way. Auch ich bin in meiner Freizeit gelegentlich Radfahrer. Aber ich halte mich an Regeln – zu meinem eigenen Schutz! So du, denen hab' ich's jetzt aber gründlich gegeben. Du bist mit dem Auto da, sagst du? Also Obacht gäll, nicht dass du noch einen unter die Räder nimmst…

Der Ursprung allen Übels

Hallo, schön dass du da bist. Es ist ein trauriger Tag heute. Du hast es bestimmt auch in den Nachrichten gehört oder im Netz gelesen. Wieder ein Anschlag auf Unschuldige, auf Kinder. Sinnlos und vollkommen unverständlich. Wir leben in einer Welt voller Hass, Gewalt und Terror. Wir sind nicht mehr bloss dabei, wir sind mittendrin. Wir haben uns den Krieg in die eigenen Reihen geholt. Voller Zuversicht, die Welt ein wenig zu heilen, haben wir uns selbst vergiftet. Unwissenheit schützt vor Strafe nicht.

Ich kann mich an Zeiten meiner Kindheit erinnern, als solche Anschläge (ja, die gab es damals auch schon) in Teilen dieser Erde stattgefunden haben, die uns nicht wirklich betroffen haben. Wir haben's im Fernsehen gesehen, die Achseln gezuckt und den Kanal gewechselt, sorry gäh, aber was will man denn machen? Und heute? Heute sind wir vernetzt. Die Welt ist zum Dorf geworden und die Anschläge finden nun vor unserer Haustüre statt. Bist du eben noch frohen Mutes im Kaffee gesessen, liegst du womöglich im nächsten Moment schon tot auf dem Boden. Aber eben, was will man machen? Wir bauen alle auf Glas. Es handle sich ja gottlob um Einzelfälle, hören wir Politiker sagen, mit bitteren Mienen, verschränkten Armen und trüben Augen. Viele Einzelfälle, wenn du mich fragst, zu viele Fälle um Einzelne zu sein.

Und ich sehe die Bilder. Sehe blutende, schreiende, rennende Menschen, Junge, Alte, Kinder. Und ich denke so bei mir: Was ist der Ursprung allen Übels? Ist es die Religion an und für sich (egal welche)? Sind es Fanatiker? Kranke Seelen? Irre? Ist es Intoleranz oder einfach bloss der Wunsch nach purer Macht, der diese Leute solche Taten verüben lässt? War der Mensch nicht jeher schon davon besessen, im Namen eines stummen Allmächtigen in Eigenregie zu handeln? Zu vergewaltigen, zu foltern, zu verstümmeln und zu morden? Denk bloss mal an die Geschichte, an all die Bekehrungen, das Aufdrängen fremden Glaubens... Und was wäre denn, würde man Religion auf der Strasse gänzlich verbieten? Egal welche? Jeder darf das glauben was er will, aber bitte in den eigenen vier Wänden. Draussen sind wir neutral. Und darüber geredet wird nicht. Nix da. Ihr werdet wohl ein anderes Thema am Stammtisch finden. Redet halt über Fussball, über Autos, eure Weiber oder das Wetter… Wäre das die Lösung? Oder sind Verbote bloss wieder da, um gebrochen zu werden? Wie flösst man denn seinen Mitmenschen TOLERANZ ein? Mit Nächstenliebe? Halte die andere Wange hin…? Mit stummer Rebellion? Mit Resignation? Mit Gegengewalt?

Wie bekämpft man etwas, dass tief in einem drin sitzt?

Ein trauriger Morgen, der wieder einmal Fragen aufwirft und so vieles in unserem durchorganisierten Alltag relativiert. Das Leben ist kurz, mach was draus. Es könnte vielleicht kein Morgen mehr geben…

Das Leben ist kein Böllelibad...

Hallo. Schön dich zu sehen! Ich war neulich im grossen schwedischen Einkaufshaus (ja, genau dem). Und weisst du, was ich das Allercoolste gefunden habe? Das Böllelibad im Kinderwunderland Småland. Ja ganz ehrlich, all die schönen Deko-Artikel sind ja schon gut und recht, aber dieses saudoofe Böllelibad hat's mir echt angetan, sorry gäh. Leider bin ich keine fünf mehr und man würde mich wohl ganz blöde anstarren, wenn ich mit Mitte dreissig da um Zutritt betteln würde... lasst mich rein! Bitte, bitte lasst mich rein!!! Kannst du dich noch an das Gefühl erinnern, wenn man in all diese Bölleli eintaucht, man in dieser Farbenpracht versinkt? Welchen Spass das gemacht hat, volle Pulle in diese bunten Dinger zu springen? Sich gegenseitig damit zu beschiessen? Versteh mich nicht falsch. Erwachsen sein, ist ja schon toll. Man kann selber bestimmen, was man anzieht, wann man ins Bett gehen möchte, was man essen oder kaufen will. Aber Kind sein, hatte eben schon auch seine Vorzüge. Man kann sich in seinem Wägeli ganz bequem durch die Gegend schieben lassen, bekommt alles frei Haus geliefert und kann sich, während sich die Grossen durch die Massen im Möbelhaus quetschen, in bunten Bällen tummeln und spielen, die Zeit komplett vergessen. Stellt euch das mal vor. Böllelibäder für alle! Stressabbau pur. Salto, Köpfler, Arschbombe, Ränzler... gut für den Blutdruck, gut für die Kondition, gut fürs Gemüt!

Bloss habe ich das für Erwachsene in der Schweiz noch nirgends entdeckt. Im Netz lese ich: Rekord-Bällchenbad im Kerry Hotel Shanghai: Eine Million bunter Kugeln: Die Mutter aller Bällchenbäder! Cool! Aber leider nicht gerade um die Ecke...

Weshalb gibt es das hierzulande bloss für die Kurzen? Bin ich denn die einzige halbwegs Erwachsene, die Freude daran hätte, mit Freunden und Kollegen abzutauchen und den Alltag mal zu vergessen? Noch einmal Kind sein zu dürfen, toben, lachen, ausgelassen sein? Also die in Shanghai scheinen nämlich ganz schön viel Spass dabei gehabt zu haben! Bitte gib mir Bescheid, wenn du das mal irgendwo bei uns für Grosse entdeckst. Dann kaufe ich mir ein Jahresabo und

lasse es richtig krachen! Ja, vieles geht im Laufe eines Lebens einfach verloren.

Das Leben an und für sich ist ja kein Böllelibad, dafür ist es viel zu ernst. Aber ich glaube fest daran, dass man daraus auch ab und zu mal ausbrechen soll und kann, das würde uns allen gut tun!

Zauberwort

Hallo schön, dich zu sehen. Mir ist aufgefallen, dass man heutzutage viel weniger „Danke" und „Bitte" sagt. "Ich chume das über...", "Gänd Sie mir...", von „Danke" und „Bitte" keine Spur. Klar ich bin auch nicht diejenige, die sich 1000 Mal bedankt, wenn der Kassierer mir die Cumulus-Karte zurückgibt, aber ein nettes Lächeln und ein "Vielen Dank" hat doch noch keinem geschadet. Wie ich jetzt darauf komme, fragst du? Ich war am Zoll... Dem unserer Nachbarn... Auf mein "Vielen herzlichen Dank und einen schönen Tag", bekam ich als Antwort ein lautes Grunzen. Kein "Ihnen auch", ja nicht mal einen Blick. Ich glaube, der Typ hat mich gar nicht angesehen. Der wüsste nicht mal, ob ich blond oder brünett bin, weiss oder schwarz oder gar einen Schnurrbart trage. Ich weiss, der Typ sitzt den lieben langen Tag am Schalter und stempelt irgendwelche Formulare ab - na und? Sorry gäh! Kann ich da was dafür? Ich habe im Verkauf gearbeitet, jahrelang. Da wird einem „Bitte" und „Danke" sozusagen an die Rübe getuckert... und das bleibt, auch wenn ich jetzt auf der gegenüberliegenden Seite des Tresens stehe. Ist es denn tatsächlich so schwer, mal „Danke" zu sagen? Für die Tüte, das Wechselgeld, den eingeschriebenen Brief? Haben wir selbst für Dankbarkeit keine Zeit mehr? Ich finde ohnehin, dass Dankbarkeit wieder mehr "in" sein sollte. Dankbar sein für seine Familie, seine Freunde, seine Wohnung, seine Haustiere, seinen Job, für das schöne Wetter, das gute Essen... such dir was aus. Irgendwas ist auch für dich dabei. Also ich bin's. Immer. Nicht immer gleich stark, aber heute irgendwie ganz besonders.

Wofür bist du dankbar? Denk mal DARÜBER nach, nicht immer über das, was dir alles fehlt im Leben. In diesem Sinne! Ich wünsche dir einen schönen Tag und DANKE, dass du vorbeigeschaut hast!

DANKE.

Spiäntzlä

Hallo, schön dich zu sehen!

Ich war neulich wieder einmal mit dem Zug unterwegs. Und als ich da so still am Fenster sass, haben sich zwei ganz coole Mädels zu mir ins Abteil gesetzt. Und jetzt muäsch echt lose... Die eine, gross, mittelschlank mit Problemzonen, lange schwarze Haare, zerrissene Jeans, geschminkt wie Karneval, hat sich bei ihrer Freundin über ihren Freund beklagt... „Ja voll man (Maaaaan). Jetzt hät doch de Spast echt dere blonde Bitch nahglotzt man (Maaaaan). Also das gaht ja voll nöd, sägi dir. Bin so sauer gsi, sones Arsch! Ich bin sini Fründin, de hät gar nöd z'glotzä!"

Und ihre Freundin, lange schwarze Haare (wie könnts auch anders sein), zerrissene Jeans (wie könnts auch anders sein), geschminkt wie Arsch und Friedrich (wie könnts auch anders sein), hat ihr lauthals beigepflichtet. „Echt? Voll krass man (Maaaaan). So öppis machsch nöd wännd e Frau häsch...". Dann Blick in den Taschenspiegel und Lippenstift nachgezogen.

Und ich denke so bei mir: Echt jetzt? Nicht mal gucken darf der Junge mehr. Soll bloss noch Augen für seine Freundin haben. Armes Kerlchen aber auch. Es gibt wie viele Menschen auf dieser Kugel? Fast acht Milliarden oder? Und da soll man bloss noch Augen für die eine oder den einen haben? Hallo? Welche Verschwendung von Ressourcen! Also liebe Mädels da im Zug. Seid ein wenig gnädiger mit euren Männern. Lasst sie gucken, lasst sie spiäntzlen. Lasst sie flirten! Macht es auch! Warum? Weil das Leben so viel schöner ist, wenn man das alles tut! Das tut der Liebe ja keinen Abbruch, nein, es belebt die Partnerschaft, holt man sich doch immer wieder neue Inputs und auch ein klein wenig Bestätigung vom anderen Geschlecht ins Haus. Daran kann ich nichts Falsches erkennen, sorry gäh. Seid mal locker, und um es mal in eurer Sprache auszudrücken: Chillt mal, Bitches! Eine Partnerschaft soll ja nicht Knast bedeuten. Man soll sich weder einschränken noch verstellen, sondern als Team funktionieren.

Eine Beziehung sollte meiner Meinung nach ein Hafen sein, wo man immer wieder gerne anlegt und Zeit verbringt, aber man auch getrost mal in See stechen kann und dies dann auch geniessen darf! Man sollte aneinander wachsen und einander unterstützen. Nicht bevormunden und einengen.

Also ich bin ja jetzt nicht die Paartherapeutin, aber ich bin kein Single und der Karren läuft. Wie das? Ganz einfach. Wir lassen uns Freiraum und kommen dennoch immer an erster Stelle! Leute, macht auch was mit anderen Individuen (ja auch vom anderen Geschlecht – huiiii gäll)! Klebt nicht aneinander wie Kacke am Schuh! Das kann langweilig und tödlich sein. Habt ein bisschen mehr Vertrauen, in eure Partner, aber vor allen in euch selbst. Hört endlich auf, euch gegenseitig zu kontrollieren... Der Partner gehört euch nicht! Er gehört zu euch, aber er ist frei. Genauso wie ihr es seid. Und hier zum Schluss noch ein Gratistipp von Paartherapeutin Jud an alle unsicheren Mädels da draussen: Wenn ihr einen Mann halten wollt, müsst ihr ihn ziehen lassen. Kommt er zurück, bleibt er für immer...

Ciao, bis bald!

Who the F**** is Abdul?

Hi. Schön dass du da bist. Ich war neulich wieder einmal mit dem Zug unterwegs. Und zwar bin ich im Zweierabteil gesessen (ja, da wo man d'Scheiche strecken kann). Und als ich meine Gratiszeitung ausgelesen habe, habe ich mich der Rückenlehne gewidmet. Hä, wie jetzt `Rückenlehne? Na da, wo alle Jugendlichen ihr Mitteilungsbedürfnis und den Drang zum Vandalismus hemmungslos ausleben. Man findet die besten Statements, die grausligsten Schreibfehler und miesesten Beleidigungen überhaupt!

Von „Schläck mini Brusthaar" (na würde ja vielleicht einer machen, wenn er welche hätte…), über „Gsehs positiv, ich han en Löffel gfunde…" (?????), bis hin zu „D'Mara isch e Schlampe" (plus Telefonnummer! Ich hoff' jetzt mal für Mara, dass es nicht ihre ist).

Und dann habe ich das gelesen… ABDUL ZAHL MAL…

Und das hat mich irgendwie nachdenklich gestimmt. Ja warum bezahlt Abdul denn nicht? Vielleicht ist er ein Giizgnäpper oder hat einfach keine Kohle mehr, weil er alles für Mara ausgegeben hat (sorry gäh, Mara) oder er kriegt kein Sackgeld Zuhause und ist zu faul, um arbeiten zu gehen? Und wer ist der Typ, der Abdul alles vorstreckt? Sein bester Freund, der einfach nicht mitansehen kann, wie Abdul zurückstecken muss? Sein Bruder, sein Onkel, sein Cousin, Bewährungshelfer oder Mentor? Und wofür hat er bezahlt? Für Zigaretten, Alkohol, Ausgang, (Mara?). Vielleicht auch für Klamotten oder Bier? Zugbillet oder Raclette am Christchindlimärt? Also kann doch Abdul kein so schlechter Zeitgenosse sein, wenn er Freunde hat, die ihm alles vorstrecken. Vielleicht ist er ja ein ganz netter Bursche, der ganz einfach sein Budget noch nicht im Griff hat…

Und während ich da über Abdul, den Löffel, die Brusthaare und Mara nachsinnierte, kam ich auch schon am Endbahnhof an. Wie schnell doch die Zeit vergeht, wenn man beschäftigt ist!

Na, dann hoffe ich mal für Mara, dass sie ihren Schlampen-Stempel schnell wieder los wird, dass, nennen wir ihn mal Felix, jemanden findet der bereit ist, seine Bruthaare zu lecken, der Löffeltyp weiterhin alles positiv sehen und Abdul endlich seine Schulden begleichen kann. Viel Glück euch allen auf euren Wegen.

Und by the way. Schreibt besser einen Blog, als dass ihr das Zuginterieur beschädigt. Das ist nämlich Sachbeschädigung und kostet was, wenn ihr erwischt werdet. Und Abdul hat ja gar keine Kohle!

Sexis... hä??? Sexismus! Aha...

Hallo. Schön, dich zu sehen. Ich muss es nun doch loswerden, obwohl ich ganz genau weiss, dass mich die Emanzen da draussen mal wieder mit bösen Kommentaren zuhäufen werden. Aber egal, macht nur, es ist immer sehr amüsant von euch zu lesen…

Aber worum geht es denn eigentlich? Um die ganze Debatte, die momentan gerade alle in Wallung zu bringen scheint. Die Rede ist vom Sexismus. Wenn der eine mal eine Hand aufs Knie legt und der andere sagt, man hätte ein schönes Kleid an… dann ist das Sexismus??? Echt jetzt, Leute???

Also das erste könnte doch glatt eine kollegiale Geste gewesen sein, einfach nett gemeint. Wenn's einem unangenehm ist, dann wandert die Hand ganz einfach zurück an den Absender, aus die Maus. Nett aber bestimmt. Kein Drama. Und zum zweiten. Also Frauen, ganz ehrlich: Früher war das ein KOMPLIMENT und wir Frauen haben uns darüber GEFREUT! Aber ihr da draussen, die das eine nicht mehr vom anderen unterscheiden könnt, macht uns Frauen, die damit umgehen können, das Leben unnötig schwer. Weil die Männer dank euch schlicht und einfach nicht mehr wissen, was sie denn nun eigentlich wie und wann sagen dürfen und was eben nicht. Na schönen Dank auch, das erleichtert uns das Zusammenleben aber ungeheuerlich. Als hätten wir sonst keine Probleme.

Versteht mich nicht falsch. Ich bin auch der Meinung, dass Frauen kein Freiwild sind, aber wir sind schliesslich weder auf den Kopf noch auf den Mund gefallen, also braucht ihr nun auch nicht das Blümchen vom Lande zu spielen. Macht halt auch mal einen schmutzigen Witz, oder gebt ein „Kompliment" zurück. Aber da seid ihr dann wohl nicht taff genug... schade eigentlich.

Ob ich schon mal sowas (furchtbares) erlebt habe? Natürlich. Ich habe sechs Jahre im Baugewerbe gearbeitet, da ist man gnadenlos witzig zueinander. Auch ich habe Komplimente und anzügliche Bemerkungen kassiert wie: „Schön, ich sehe, du trägst heute einen Push-up-BH, das freut mich aber...", oder „Früher war alles besser, da haben wir früh morgens noch als erstes die Sekretärin durchgebürstet". Kommentare wie diese waren beinahe an der Tagesordnung und hat's mir geschadet? Nein. Es hat mich bestätigt, oft gefreut, manchmal verwirrt, aber meistens ganz einfach belustigt. Basta.

Und dass eine Frau eine gewisse Selbstverantwortung trägt und nicht einfach mit jedem dahergelaufenen Typen nach Hause zum „reden" geht, das haben wir schon als Kind gelernt. Nicht mit Fremden mitgehen, denn ob die immer nur das Beste für einen wollen, ist ja wohl selbsterklärend. Frauen, ganz ehrlich, denkt doch einfach mal mit. Zoikled die Männer nicht bis aufs Blut und dann lasst sie im Regen stehen. Das fändet ihr ja wohl auch nicht cool. Das ist einfach nur unfair. Zuerst scharf machen und dann eiskalt abservieren. Ihr spielt mit dem Feuer... Klar ist ein Nein ein Nein, aber das Schicksal herausfordern müsst ihr ja auch nicht, oder? Denn wenn nur einer von 100 Männern das Nein nicht versteht, dann habt ihr die Arsch-Karte gezogen und sorry gäh, dann könnt ihr euch selber am Schlafittchen nehmen, dass ihr den mit nach Hause geschleppt habt, oder mitgegangen seid.

So meine Damen von Welt. Lange Rede, kurzer Sinn. Wehrt euch, wenn's euch nicht passt. Macht halt euren Mund auf und protestiert (das könnt ihr ja ganz gut wie man täglich aus den Zeitungen vernimmt), gebt auf euch Acht und nehmt nicht immer alles so grausam ernst im Leben. Und an alle Männer da draussen. Bitte habt keine Angst, Frauen weiterhin Komplimente zu machen, Witzchen zu reissen, Blicke zu werfen und Hände zu schütteln. Denn es gibt sie noch, die Frauen, die sich über Komplimente freuen und auch bei einer anzüglichen Bemerkung nicht gleich die Tageszeitung informieren, sondern ganz einfach drüber lachen können.

Und an alle Emanzen da draussen – schön, dass ihr meine Blogs lest!

Küsschen drauf und Tschüss!

Pelz macht eure hässlichen Visagen auch nicht hübscher im Fall…

Hallo, schön dass du da bist. Ich habe neulich aus den Medien vernommen, dass Echt-Pelz wieder schwer in Mode gekommen ist und mehr denn je auch von jungen Menschen getragen wird. Wie ich das finde fragst du? Zum Kotzen finde ich das, sorry gäh.

Und man sieht sie tatsächlich wieder überall. Diese hässlichen Pelzkragen an diesen furchtbar schicken Jacken dieser elend reichen Mädchen und Jungen, die nicht mal wissen, dass dieser Kragen mal geatmet, gelebt und geliebt hat und dass man dem Tier (meist) bei lebendigem Leibe das Fell über die Ohren gezogen hat. Die Menschheit ist echt das Letzte man…

Und dann gibt es diese hitzige Diskussion über das Zutrittsverbot mit Echt-Pelz bei einem beliebten Restaurant und Club, schon gehört? Klar doch. Ihr Herren und Besitzer, richtig so! Es ist euer Club und ihr allein bestimmt, wer rein darf und wer nicht. Ende der Diskussion. Meiner

Meinung nach ein schönes Zeichen in einem Meer aus desinteressierten Fratzen und ein weiteres Armutszeugnis unserer Gesellschaft, dass man darüber überhaupt diskutieren kann.

Hast du's im TV auch gesehen? Mir geht seit diesem Interview der Begriff „Deppenkragen" nicht mehr aus dem Sinn. Der ist so trivial wie genial. Schaut euch die Leute doch an, die diese Wuschels an der Kapuze haben. Sorry gäh, aber alles der gleiche Typ Mensch…

Und ich denke so bei mir: Wie viele solcher wirklich wunderbaren Tiere müssen noch leiden und qualvoll verenden, damit die Schickeria hemmungs- und gewissenlos ihrer Dekadenz frönen kann? Wie oft muss man im Fernsehen noch zeigen, wie die Pelzfarmen dieser Welt aussehen und welcher Gräuel dort täglich herrscht?

Versteht mich nicht falsch. Auch ich unterscheide zwischen Pelz und Pelz. Wenn das Tier ein tolles Leben hatte, würdevoll getötet, gegessen und danach „verarbeitet" wird, bin ich die Letzte, die meckert. In Teilen dieser Erde sind die Menschen dankbar, dass sie Felle gegen die eisige Kälte tragen können. Auch verurteile ich das 90-jährige Gröseli nicht, das den geerbten Nerzmantel immer noch voller Freude und auch Stolz trägt, weil er eben Erinnerungen birgt und damals durchaus ein Statussymbol war. Und ja, ich geb's ja zu. Auch ich habe einen „Echthaar-Hasen-Bommel" am Autoschlüssel. Aber dieser Chüngel wurde von meinen Frettchen verputzt. Also hat das durchaus seinen Sinn. Aber ich kenne keinen der hierzulande Nerze, Zobel oder Polarfuchs isst, du etwa? Also werden diese Tiere bloss aus einem Grund gezüchtet und „verarbeitet". Der Modeindustrie wegen und das, mein Freund, verurteile ich scharf. Dass die Menschheit langsam verblödet, wissen wir ja (spätestens seit Dschungel Camp), aber, dass wehrlose Geschöpfe dafür leiden müssen, ist im 21. Jahrhundert einfach eine Affenschande.

Also ihr coolen Chics und Boys da draussen. Euer Style wäre auch ohne Deppenkragen durchaus „Instagram-fähig" und „Snapchatwürdig". Denkt mal ein bisschen weiter als bloss zum Rande eures Handys. Ihr hättet endlich mal eine eigene Meinung und würdet nicht bloss auf dem Mainstream weitersurfen. Denn auch ein noch so flauschig schöner Kragen kann eure doofen Visagen nicht hübscher machen, sorry gäh.

So fertig. Ich muss jetzt meinen Stinkern Znacht machen – es gibt Kaninchen gehackt. In diesem Sinne – guten Appetit!

Sag mal, hast du ne Macke?

Hi, schön dich zu sehen. Ich war neulich wieder mit dem Zug unterwegs und da trifft man ja immer auf die allergeilsten Mitmenschen. Ich ziehe die förmlich an wie einen Magneten und jetzt muäsch lose, Obacht…

Der Mann mittleren Alters gegenüber hat wirklich echt gut ausgesehen. Eine Mischung aus Georg Clooney und, hmmm, sagen wir mal, Sky du Mont… rrrrrr. Ich habe mich also hinter meiner Gratiszeitung verkrochen und begonnen, ganz unauffällig sein Gesicht zu studieren. Die kleinen Querfalten auf der Stirn, die bestimmt vom vielen Denken herrühren, die kleinen Grübchen an den Wangen, die (hoffentlich) vom vielen Lachen entstanden sind, der angestrengte Blick in sein Smartphone… die angegrauten Schläfen… hmmmm…

Und dann, dann habe ich seine Hände gesehen und, oh Graus, den Finger, der an seinen Mund wanderte. Die abgekauten Fingernägel, die mir vom blossen Zusehen schon Schmerzen verursacht haben… und er begann, ganz genüsslich daran herumzukauen, als wenn es Frühstück und Zmittag in einem wären… Und vorbei war sie, die Magie… vorbei der Tagtraum von Georgie-Boy, denn sorry gäh, das geht gar nicht…

Und so sass ich also da und habe mich gefragt, welche Macken denn meine lieben Mitmenschen sonst noch so an den Tag legen. Die einen Kauen eben an ihren Fingernägeln, während andere ihre Mails ganz leise vor sich hinbrabbeln. Wieder andere schreien förmlich in ihr Telefon, drücken ständig auf ihrem Kugelschreiber rum oder wackeln mit den Beinen. Sie sprechen Baby-Sprache mit ihren Vierbeinern, malträtieren ihre Kaugummis oder hören so dermassen laut Musik, dass selbst der Nachbar das Ohrensausen kriegt dabei.

Und ich? Was habe ich denn für Macken? Ich stelle den Wecker immer eine halbe Stunde zu früh, so dass ich nach dem Klingeln noch liegen bleiben kann… Horror ich weiss, aber ich liebe es! Ich reisse die Milchtüte immer an beiden Enden nach oben (öffnen tu ich aber natürlich nur ein Ende). Und warum? Weil ich die Tüte so besser in den Händen halten kann. Ich kontrolliere immer, ob der Herd aus ist, wenn ich das Haus verlasse und gebe allem im Geiste Namen. Mein Auto heisst Antonella-Isabella, mein Navi heisst Kurt. Die fette Spinne in der Waschküche heisst Konrad. Meine Brieftasche heisst Vreneli. Und ich spreche auch zu meinem Auto, als wäre es eine Freundin. Steige ich ein, erzähle ich „ihr" wohin wir heute gemeinsam fahren... völlig bescheuert ich weiss. Dem Kurt sag ich das natürlich nicht, der weiss das ja schon, weil er ja die Route raussuchen muss... Und du? Was hast du für Macken? Putschst du mit dem Po gegen den Kühlschrank, um dich zu vergewissern, dass er auch wirklich ganz zu ist? Lässt du immer ein Blatt Klopapier dran, so dass du die Rolle nicht wechseln brauchst? Singst du im Geiste Kinderlieder, wenn du nervös bist? Streichelst du über Fotos deiner Liebsten, wenn dich keiner sehen kann? Singst du unter der Dusche Musicals oder knabberst an der Unterlippe, wenn du vor dem PC sitzt? Kontrollierst du ständig dein Make-up im Rückspiegel? Hältst du deine Zunge in den Mundwinkel beim heftigen Studieren oder berührst du alle Laternenpfosten beim Spazierengehen? Und während mich einige Macken total befremden oder gar abstossen, ziehen mich andere wiederum unheimlich an. Sind sie es doch, die das weisse Blatt Papier Leben erst farbig machen. Sie sind es, die uns zu den Menschen machen, die wir sind. Die kleinen grossen Macken des Alltags machen uns einzigartig, spannend und ganz besonders liebenswert.

Eine weitere Macke von mir? Ich sage niemals Leb wohl, sondern immer bis bald…

Im guten Glauben

Hallo, schön dich zu sehen. Momentan ist ja wieder einmal die Hölle los auf unserer schönen Kugel. Grausame Verbrechen, die im Namen des einzig wahren Glaubens begangen werden. Im Namen eines Allmächtigen, der vor lauter Pistolenschüssen und Granatenhagel selber nicht mehr zu Wort kommt. Simpel in meinen Augen, einem Stummen die Verantwortung für solche Gräueltaten zu übertragen...

Aber welcher ist denn nun der einzig wahre Glaube? Der Glaube an den christlichen Gott, an Allah, an Buddha, an Jehova, an die alten und die neuen Götter? Es gibt so viele Möglichkeiten, und jede beansprucht den Titeln des EINZIG WAHREN GLAUBENS...

Alle haben Sie kluge Worte gesprochen und grausame Taten vollbracht. Für wen soll man sich denn da entscheiden? Und... muss man das überhaupt? Wieso kann nicht ganz einfach jeder glauben an was und an wen er möchte? Wieso sind die Menschen so verdammt intolerant?

Wieso versuchen sie, ihren Glauben anderen auf-
zuzwingen? Weisst du was? Vielleicht sind ja alle
diese Gottheiten ein und derselbe (dieselbe?). Ein
alter Mann mit Rauschebart (alternativ eine alte
Tante im Sommerkleid mit Blümchenmuster) der
(die) mit Sandalen in den Wolken sitzt und lacht?
Wieso nicht Herrgott nochmal…?! Ich darf doch
glauben was ich will, oder? Ja, ich weiss schon.
„Blasphemie!!!", würde die Kirche schreien. Soll
ich dir was sagen – MEIN Gott hat HUMOR!!!

Ich bin weder streng christlich erzogen worden, noch glaube ich an weltliche Institutionen
wie die Kirche. Nein, ich bin auch nicht Member
in dem Verein. Ich glaube an ganz simple Dinge.
Ich glaube daran, dass wir ein Leben bekommen
haben, um dies so gut es geht zu geniessen und
zu nutzen. Das Beste daraus zu machen. Freude
und Spass daran zu haben und diese zu verbrei-
ten. Eine höhere Macht ist schon da, denk ich mir
(von mir aus nenn' sie Gott, mir egal), denn zu
glauben, dass der Mensch an der absoluten Spitze steht, beunruhigt und belustigt mich zugleich.

Also sind das alles bloss Fanatiker, verlorene
Seelen, Geisteskranke, die im Namen von Kirche

und Religion vollkommene Intoleranz walten lassen? Blind und krank vor Glauben? Oder eben vom wahren Glauben abgekommen sind? Gott, ich hoffe es doch!

Welcher also ist der wahre Glaube? Der an das Gute im Menschen, und dass wir uns alle lieb haben? Der Glaube an uns selbst und unsere Kinder? Woran glaubst du denn? An Vernunft, Gelassenheit, an ein Leben nach dem Tod? An eins davor? An eine zweite Chance?

Glaube kann bekanntlich Berge versetzen. Woran glaubt man heutzutage noch, wenn man die Tagesschau gesehen und anschliessend verwirrt und irgendwie im Hinterkopf ein wenig beunruhigt den Kanal wechselt? An den Schutz der eigenen vier Wände?

Woran ich glaube? An Freundschaft, an Liebe, an Schicksal, an meine Liebsten und mich selbst, an dieses Leben und an ein nächstes... im guten Glauben eben...

Bis bald und schlaf gut!

Superman

Hallo. Schön dich hier zu treffen. Ich war neulich in der Badi und habe, ja ich geb's ja zu, ein wenig gelauscht. Zwei Freundinnen sassen da ganz in meiner Nähe und haben sich ihre Sorgen und Nöte des Alltags anvertraut. Spannend! Dies jedoch nicht ohne jeweils ein Auge auf den Nachwuchs im Kinderbecken zu werfen. Na, neugierig? Ich war's!

Also, Mami Nr. 1, nennen wir sie Nicole, hat Mami Nr. 2, nennen wir sie Katrin, Folgendes berichtet.

„Weisch und de Roli, de isch immer eso müäd am Abig, chum chunnt er vom Büro hei, hockt er scho vor em Fernseh... unmöglich säg ich dir!". Katrin pflichtet bei und leckt sich nebenbei genüsslich die Glacepfoten ab. Nicole weiter im Text... **„Ich bin im Fall au mega müäd am Abig. Und isch das echt z'vill verlangt, dass er de Chlii dänn mal übernimmt? Er muäss ja garnöd vill mache, echli spillä halt. Ich han en ja de ganzi Tag (mit Betonung auf ICH)! Und**

ich sött au no Zügs vorbereite für am Zieschtig gopf."

Aha. Du bist Mami UND Karrierefrau, so denke ich mir, und bleibe am Ball...

„Und denn chunnt er au immer eso huärä spaat hei. Am 7ni erscht! Denn hämmir scho längscht gässe, de Tim-Justin und ich. Denn muäss er au nüt meh welle, also echt...".

Katrin steht rasch auf und schaut nach ihrem Spross, der gerade das Kinderbecken zusammenschreit... Entwarnung. Die kleine Ann-Cosima hat sich bloss gestossen.

Und als Katrin relaxt angeschlendert kommt, klagt Nicole ein wenig leiser weiter... „Und jetzt muäsch lose... das sägi jetzt nu zu dir im Fall gäll... im Bett lauft au grad garnüt meh. Er isch immer eso müäd (eso müüüüäääääd, mit verdrehten Augen). Und denn tuät er eso blöd, wenn er mal verzelle sött. Ich wett halt wüsse was en beschäftiged. Er wett aber nöd, echt...".

Katrin nickt. „Bim Markus isch das genau s'gliiche Cabaret jede Abig...".

Und so geht das minutenlang weiter. Und obwohl ich Roli und Markus nicht kenne, TUN SIE MIR LEID!!!

Also ehrlich, liebe Nicole und Katrin, ihr wolltet Kinder (ich nehme jetzt mal an, dass die Zwerge kein Unfall waren). Ihr wusstet, dass dies kein Zuckerschlecken sein wird. Eure Männer arbeiten hart, damit sie genügend Kohle nach Hause bringen, damit ihr, Obacht, jetzt kommt's, NICHT ZU ARBEITEN BRAUCHT! Aber ihr wollt natürlich ums Verrecken, habt ja schliesslich auch mal irgendeinen Furz studiert oder so. Also muss er wieder ran der Gute. Der Mann muss also früh morgens bis spät abends Arbeiten gehen. Und das sag ich jetzt bloss zu euch: Er bleibt im Fall nicht freiwillig so lange im Büro, nicht in allen Buden kann man um halb 5 abschleichen. Und der wird ja wohl nicht im selben Haus arbeiten, also kommen noch der Arbeitsweg und der Berufsverkehr dazu. Dann, Zuhause, muss der Gute umgehend den Spross übernehmen, damit Mami mal eine Verschnaufpause hat vom kleinen Monster. Und zu guter Letzt gibt's kein Essen (häsch s'Gfühl ich wart so lang?), nein es gibt dafür einen mega Anschiss, weil er nicht über seinen Alltag berichten will, weil der ohnehin mega anstrengend war, immer noch im Kopf rumgeistert und Mann einfach mal ABSCHALTEN möchte.

Ihr lieben Geschlechtsgenossinnen. Ich weiss, ich mach mir damit keine Freundinnen (ist mir im Fall schnurzegal), die Männer von heute müssen:

- Karriere machen
- viel Kohle nach Hause bringen
- früh nach Hause kommen
- kinderlieb sein
- tierlieb sein
- Ernährer und verständnisvoller Ehegatte sein
- euch bei euren Karrieren unterstützen
- stets fröhlich und ausgeglichen sein
- die Schwiegereltern lieben
- euch von ihrem Alltag erzählen
- im Bett eine Granate sein

Und jetzt mal zu euch ihr Lieben. Eure Erwartungen sind ja riesig! Und was habt ihr zu bieten? Ihr seid ja auch nicht gerade Claudia Schiffer oder Wonderwoman, sorry. Ihr habt ein Kind geboren (oder mehrere), Respekt. Kein

Thema. Aber ihr wolltet das so. Ihr wollt Kinder haben und nebenbei noch Karriere machen. Ihr wollt Superman zuhause, der euch anbetet und euch auf Händen trägt. Ihr habt aber nicht Superman geheiratet, damminamal. Sondern einen Menschen aus Fleisch und Blut. Einer, der sich jeden Tag den Arsch aufreisst, damit ihr mit den Kleinen in der Badi hocken und über ihn herziehen könnt. Und jetzt sagt mir, ist das fair oder was?

Also Nicole, Katrin und wie ihr alle heissen mögt. Ich habe mit Männern wie eure Männer gearbeitet. Ihre Jobs sind ermüdend, manchmal langweilig, oftmals anstrengend, immer fordernd und sie verfolgen sie bis nach Hause. Und anstatt euch liebevoll um eure Männer zu kümmern (sie auch mal in Ruhe zu lassen!), seid ihr auf Krawall gebürstet und macht ihnen den Abend zur Hölle. Kein Wunder, wenn der eine oder andere dann mal nicht mehr nach Hause kommen will. Seht ein bisschen mehr den „Partner" in euren Männern, als den blossen „Ernährer" und „Vater eurer Kinder". In der Welt gibt's so viel, was momentan verkehrt läuft. Stunk muss doch Zuhause nicht auch noch sein, oder?

Also Leute. Sagt was ihr wollt. Nennt mich unwissend, denn ich habe keine Kinder (und das ganz bewusst entschieden im Fall). Mir egal. Ihr habt ja den Krach Zuhause. Ich nicht.

Denkt mal darüber nach, wenn euer Mann das nächste Mal ein wenig wortkarg ist. Ein Lächeln, ein warmes Essen, Verständnis, TV und Ruhe. Das kann wahre Wunder bewirken.

Und ich? Ich setz mich jetzt mal eben ganz gemütlich in Ruhe mit meinem Partner auf den Balkon und esse zu Abend. Denn bei mir gibt's auch nach sieben noch was auf den Teller. Ciao, macht's gut!

Peinlich Peinlich!

Hi, schön dich zu sehen. Ich habe in letzter Zeit mal wieder ein paar spezielle (manche mögen sagen peinliche) Darbietungen gegeben. Ich habe mir ja eigentlich abgewöhnt, etwas als peinlich zu empfinden, denn das Meiste ist, sind wir doch mal ehrlich, einfach nur grotten lustig. Gemäss unserem Freund, Mister Duden, definiert sich Peinlichkeit ja folgendermassen:

Peinlich - *ein Gefühl der Verlegenheit, des Unbehagens, der Beschämung.*

Aha. Also manche mögens ja durchaus so empfinden, aber hey Leute, solche Momente passieren uns allen jeden Tag und eigentlich kann es uns ja schnurzegal sein, was unsere Mitmenschen so über uns denken, denn die meisten interessiert es ohnehin nicht wirklich, was wir tun, sie sind viel zu sehr mit sich selbst beschäftigt und die anderen findens, so wie ich, vielleicht sogar ein wenig erheiternd. Beispiele gefällig? Et voilà…

- Ich habe beim Essen im Restaurant mal wieder wild gestikuliert und dabei meine Fingerringe in den Lüftungsschlitz gepfeffert. Der Kellner war so lieb und hat mir beim Hervorgrübeln geholfen...

- Ich habe wie eine Irre an der Hoteltüre gezerrt, bis mich jemand darauf aufmerksam gemacht hat, dass PUSH drauf steht...

- Ich bin von einer Kollegin mit Küsschen begrüsst worden und bin anschliessend stundenlang mit zwei Knutschflecken auf den Wangen einkaufen gewesen...

- Ich habe im Tonstudio von Freunden das Hightech-Mikro begeistert studiert. Das war so ein Hammerding! Man hat mich dann irgendwann aufgeklärt, dass es sich hierbei bloss um einen Dyson-Ventilator handle...

- Ich bin vor der vollgefüllten Gartenbeiz die Treppe runter gefallen, natürlich in Stöggis und Röckchen...

- Ich habe meinem Tischnachbarn drei Dezi Mineral über den Schoss gekippt (ja, wieder beim wild Gestikulieren in der Beiz, ich glaube, man nennt das „lernresistent")...

- Ich habe eine Packung Maltesers durch Kino geschleudert (so kann man sich Schoggi auch abgewöhnen im Fall)...

- Ich habe beim Schüttelbecher den Deckel bereits geöffnet und nach einer Redepause noch einmal kräftig nachgeschüttelt. Mein Vater bekam dann ne 1a Cacao-Dusche (sorry gäh)...

- Ich bin schon zweimal in den falschen Zug eingestiegen und im Nirgendwo gelandet...

- Ich habe mal mit der Tasche ein Regal mit Billigparfum abgeräumt (das hat vielleicht gestunken Leute!)…

- Ich habe meinen Pulli in der Lifttüre eingeklemmt. Die ist dann, samt Pulli nach oben gefahren bis jemand Stop drücken konnte…

- Ich habe einen Schüttelbecher Molke durch die frisch geschrubbte Küche meines Bruders geworfen (Wiederholungstäter, ich gebs ja zu)…

- Ich habe bei Freunden die Himbeer-Roulade ans Sofakissen gedrückt (konnte den Teller nicht ausbalancieren)…

- Ich habe nicht gecheckt, wie man das riesige Klo im Starbucks in London schliesst (also ich dachte das sei ein Schnappschloss). Natürlich ist dann prompt ein Banker mit Handy am Ohr hereingekommen. Bis der mich gesehen hat, wie ich da so friedlich sass, sind gefühlte fünf Minuten vergangen…

- Ich habe mich in der Umkleidekabine in neue Unterwäsche geworfen und beim Hinaustreten „tataaa" gerufen. Bloss war nicht mehr meine Begleitung da, sondern ein Wildfremder, der mir applaudiert hat…

- Ich bin auf einem Ausflug mit voll Garacho auf einen Kuhfladen gesprungen, weil ich dachte, es sei ein Stein. Ich war auf der Heimfahrt alleine im Zugabteil…

- Ich bin mit den Rollerblades ins Gebüsch gefahren (ich kann fahren aber nicht bremsen)…

- Ich habe meine Badehose auf der Wasserrutschbahn verloren…

Ach Leute, ich könnte ewig so weitermachen! Mal ganz abgesehen von all den Peinlichkeiten, die aus meinem Mund kommen... Aber solche Dinge passieren ja gottlob nicht nur mir...

- Eine Arbeitskollegin hatte einen Streifen Klopapier am Po beim Verlassen der Toilette...

- Ein älterer Herr hatte die Badehose verkehrt herum an, so dass man das Etikett lesen konnte (Grösse L)...

- Ein Herr hatte einen Klecks Haarschaum auf dem Hinterkopf. Sah aus wie ein kleines weisses Käppi...

- Eine Bekannte hat ihre Fasnachtschüechli aufs Autodach gelegt beim Beladen und dort vergessen. Sie waren also noch drauf beim Einparken Zuhause...

- Eine Frau ist zwischen allen Schülern auf der Treppe gestürzt und hat ihren Poschtisack auf den Boden geknallt...

- Ein Mann hat sich im Zug mal auf mich draufgesetzt…

- Eine Freundin hat in der Gourmessa das Regal mit den Büürli abgeräumt. Alle sind durch die Luft geflogen – welch ein Spass!

- Eine Kollegin hat den Lehrer nachgeäfft ohne zu merken, dass dieser direkt hinter ihr lief…

- Ein Kollege hat seine pikante sms irrtümlich mir geschickt statt Sandro…

- Verhütungszäpfli sollte man nicht schlucken im Fall und Augentröpfli nicht mit dem Tee zusammen trinken (Peinliches aus dem Alltag einer Drogistin).

- Eine rüstige Rentnerclique hat im Zug gesessen. Eine der Seniorinnen hatte neuerdings ein Smartphone. Sie hatte ihrem Mann angerufen und irrtümlich den Lautsprecher an. Alle konnten hören, wie

er ihr erklären musste, wie sie den Lautsprecher rausnehmen soll… hochroter
Kopf inbegriffen…

- Eine Omi sass mit ihrem Enkeltöchter-
chen im Zug. Die Kleine hat auf eine Frau
gezeigt und „Flau" gesagt. Richtig mein
Kind. Dann dasselbe mit einem Mann.
Ganz toll mein Schatz. Dann hat das
Mädchen bloss noch ein Wort gesagt:
„Gaggi". Dieses dafür immer und immer
wieder. Die Leute haben gelacht, der
Oma war's peinlich (ich wicklä dich di-
hei, bis jetzt stille gäll, BITTEEEE).

- Ein Kunde wurde mal vom Blindenhund
eines anderen Kunden bestiegen, das war
ihm mehr als peinlich (der Besitzer des
Hundes hat's gar nicht gemerkt, er konnte es ja nicht sehen)…

Und eben wie schon gesagt. Solche Momente
passieren und ich finde sie herrlich! Wir versuchen im Leben so vieles darzustellen, was wir
doch eigentlich nicht wirklich sind. Und wenn

dann mal für einen kleinen Moment lang die Fassade bröckelt, dann ist uns das peinlich. Aber warum? Schlussendlich sind wir doch alle voller Fehler und Makel, voller Macken und Special effects. Das macht das Leben doch erst spannend.

Humor ist, wenn man trotzdem lacht und eben auch mal über sich selber lachen kann! In diesem Sinne, auf zum nächsten Fettnäpfen! Es wartet bestimmt schon...

Jetzt häts mer grad abglöscht...

Hi, schön dich zu sehen. Seit einiger Zeit, also genauer gesagt bereits seit Monaten, passiert mir immer mal wieder was Seltsames, und das geht so...

Ich gehe früh morgens aus dem Haus in Richtung Bahnhof (früher täglich, heute noch ab und zu). Meist ist es dann noch dunkel und die Strassenlaternen sind an. Und wenn ich bei einer ganz bestimmten vorbeikomme, dann... also, tja, dann geht die aus. Irgendwie hat die was gegen mich, kommt mir schon beinahe wie Mobbing vor und ich frage mich echt, weshalb die das macht.

Und neulich, da sass ich am Flughafen im Restaurant und was passierte? Die Deckenleuchte, der Spot genau über mir, ging einfach Knall auf Fall aus. Und kurz darauf eine weitere Strassenlaterne. Und die gehen dann auch nicht wieder an, die Dinger, nein, die bleiben dunkel bis ich durch und weg bin.

Also mein Freund. Irgendwie kommt mir die ganze Story schon ein wenig seltsam vor, also habe ich mal auf „gut Glück" bei Tante Google nachgefragt und in einem Forum Folgendes gefunden:

„...SLI (Straßen-Laternen-Interferenz) betrifft Frauen und Männer jeden Alters und aus allen Bevölkerungsschichten. Meistens lösen sie die psychische Störung aus, wenn sie sehr viel geistige Energie abgeben. Es kann geschehen, wenn sie erheblich wütend oder gestresst sind, oder auch sehr glücklich. In Zeiten extremer Emotionen können sie verursachen, dass Straßenlaternen ausgehen oder Elektronik Fehlfunktionen aufweist..."

Aha... okay...

Gestresst bin ich nicht, wütend schon gar nicht, also muss es wohl mein „Glücklich-sein" sein, welches diese Lampen irritiert? Und wenn wir schon dabei sind, bei merkwürdigen Alltags-Phänomenen. Ich schaue immer wieder unabsichtlich auf die Uhr, wenn die Zahlen absolut identisch sind, also 22.22 Uhr oder 11.11 Uhr. Dann muss ich jeweils schon ein wenig

schmunzeln und denke so bei mir: Da oben hat jemand aber ganz schön Humor...

Und wie sieht's bei dir aus? Hast du auch schon solche Phänomene erlebt? Irgendwas, das du dir rationell nicht wirklich erklären kannst? Was dich zum Schmunzeln bringt, was dir Angst einflösst?

Und ganz frei nach dem Motto: „Jetzt hät's mer grad abglöscht", geh ich jetzt ins Bett. Lichter aus und gute Nacht!

Von rosa Mützen und Protestm-ärschen

Halli Hallo. Schon zurück? Wie? Du warst gar nicht in Zürich am Pussy-Marsch der unterdrückten Frauen der freien Schweiz? Ich auch nicht im Fall. Aber viele tausend andere Frauen hatten wohl wieder einmal das Bedürfnis, heute der absolut sexistischen und männerdominierenden Macho-Welt ins Gesicht zu schreien! Wir sind wer! Wir können was! Wir sind klug! Wir sind schön (auch ohne Photoshop)! Wir wollen gebären wie's uns passt! Wir wollen barbusig rumrennen ohne angemacht zu werden! Wir wollen gegen Trump demonstrieren! Wir wollen gleich viel Kohle verdienen wie die Männer! Wir wollen rosa Mützen tragen und Strick-Streiks machen! Wir sind Heldinnen!

Und müsste ich nicht so unheimlich über diese (in meinen Augen doch sehr sinnlose und absolut undankbare Aktion) nachgrübeln, so kämen mir doch glatt die Tränen. Sogar der Himmel musste weinen heute. Wie hilflos und gänzlich ohne Selbstwertgefühl muss eine junge Frau denn sein, die in der heutigen Zeit in einem Land wie der Schweiz wohnt und da für die angeblich fehlenden Rechte demonstriert? Wie gering müssen all ihre anderen Sorgen sein, damit sie die alte Kamelle der Gleichberechtigung aus dem verstaubten Hut hervorzaubern muss? Und damit man nicht alleine da steht, schart man tausende anderer empörter Frauen um sich und macht einen Marsch quer durch die Stadt. Schreit sein Leid, seine Pein und seine (vielleicht ja auch sexuelle, ja ich denke in erster Linie sexuelle) Frustration in die Welt hinaus, die darüber bloss den Kopf schütteln kann.

Frauen, ich versteh euch echt nicht. Ihr zieht blank, um dagegen zu rebellieren, dass Frauen auf ihr Äusseres reduziert werden? Paradox! Oh bitte! Und ihr verteilt Penis-Schöggeli um was? Um zu provozieren... wen denn? Und wo bitteschön waren denn heute die Muschi-Pralinen? Wenn wir schon bei der Gleichberechtigung sind?

Okay. In einem Punkt muss ich euch beipflichten. Viele grosse Frauen haben uns den Weg zur

Gleichberechtigung geebnet. Dankeschön! Aber das ist schon lange her und, sorry liebe Geschlechtsgenossinnen, ich komme mir heutzutage ÜBERHAUPT nicht benachteiligt vor in dieser, unserer Gesellschaft. Im Gegenteil. Ich geniesse die vielen Vorteile, die sich einer Frau bieten. Beispiele? Mann hält mir öfters die Türe auf. Mann hat Nachsicht mit mir beim Parkieren (hahahaha), Mann bezahlt gerne mal die Rechnung... Klischee? Von mir aus! Ihr seid in meinen Augen ganz einfach zu stolz (oder vielleicht gar zu dämlich), um die Vorzüge die sich einer Frau (von Welt) bieten, auch für euch zu nutzen. Selber schuld, wenn ihr um alles kämpfen wollt. Ich tu's nicht. Ich trag auch keine rosa Mützen oder beschwere mich, wenn mir ein Mann meine schweren Tüten trägt. Ich sage ganz einfach von Herzen DANKE. So hab' ich das gelernt und bin immer gut damit gefahren.

Also... hier ein Gratistipp an alle Emanzen mit ihren Bannern und Schöggeli, ihren Forderungen und Verweigerungen. Veranstaltet doch das nächste Mal einen Tanz-Umzug. Dann hätten alle was davon. Die lieben Männer bräuchten sich am

Wochenende nicht zu verstecken und die lieben Kleinen hätten gute Vorbilder. Denn auch das habe ich mal gelernt. **Miteinander geht immer besser als gegeneinander.** So, und jetzt geh ich mal eine Wurst essen... also nein, ich meine ein Schöggeli lutschen, also...hmmm... ach vergiss es!

PS: Danke auch dir, du liebe Emanze, die jetzt vermutlich eine hochrote Birne hat und sich grün und blau ärgern wird über diese Zeilen. Du hast zu Ende gelesen und wirst mir jetzt ein böses Mail schreiben. Nur zu. Toleranz scheint ja ohnehin nicht deine Stärke zu sein. Geniess doch stattdessen den schönen Abend mit deinem Mann. Ja genau, der eingeschüchterte grosse Junge da vor dem TV. Du kriegst wieder einmal eine Gelegenheit um deine Frau zu stehen. Der nächste Marsch kommt bestimmt.

PPS: Es gibt viele Länder auf der Welt, in der die Frau noch immer unterdrückt wird. Keine Frage Leute. Aber ich finde, man sollte doch dann lieber da demonstrieren, wo der Hund auch begraben liegt. Ihr drückt ja auch nicht neben dem Pickel rum, oder?

PPPS: Und liebe Männer. Macht doch auch mal einen Protest-Marsch. Zieht auch blank, weil ihr immer auf euer bestes Stück reduziert werdet. Ihr scheint mir mittlerweile echt von den Damen von Welt unterdrückt zu werden. Unhaltbar.

PPPPS: Vergiss nicht! Sarkasmus ist eine Stärke von mir. Nimms mir bitte nicht übel. Zieh dein Ding durch, mir egal, aber lass mir bitte meine "heile Welt". Danke!

Immer gschmeidig bliibe min Schatz...

Hi, schön dich zu sehen. Heute Morgen also... e sonen Aff ehrlich... jetzt muäsch lose...

Ich war auf dem Weg zu einem Kunden in den tiefsten Aargau. Und als ich da so über Feld-, Wald- und Wiesenwege fuhr, hatte ich doch auf einmal wie aus dem Nichts einen grossen roten Pickel am Fudi. Der Pickel war ein sauteurer Mercedes und darin sass ein, mich dünkte, ziemlich verärgerter Herr mittleren Alters (grauer Panther mit hochrotem Kopf und wildem Umegefuchtel). Spatz, ich bin die vorgeschriebenen 80km/h gefahren, also nicht gekrochen, aber der nette Herr konnte es einfach nicht lassen und hat mich bei der erst besten Gelegenheit überholt. Wäre er eine Sekunde langsamer gewesen, es hätte doch glatt um 07.00 Uhr morgens im Niemandsland getätscht.

Und da fuhr ich also mit Antonella-Isabella und Kurt und habe mich nur noch gewundert. Okay, ein Lachen konnte ich mir nicht verkneifen und

Heute:
07:00 Uhr

Aktueller Tabellen
führt: Ich voll...
Voll entspannt...

De agro-Typ
am durchstarte...

Er so → weg da!

ich so → hui!

ich dachte so bei mir: „Mann, nimm dini Medis Schatz oder chünd doch, wenn der din Job so dermasse uf de Sack gaht...", aber eigentlich tat der Typ mir bloss leid. Vielleicht musste er ja auch einfach ganz dringend go bisle? Egal. Ein solch herrlicher Morgen und eine solch miese Laune... echt jetzt?

Also, du alter, gehässiger Sack in deiner Prolo-Karre. Ich wünsche dir von Herzen einen tollen Tag, einen befriedigenden Job, nette Kollegen, eine liebe Familie, guten Sex und ein bisschen mehr „gschmeidig bliibe", denn chunnt das scho guet use mit dir...

Und auch dir wünsche ich eine angenehme und sichere Fahrt. Wo auch immer dich deine Reise heute hinbringt.

Bis bald und machs guet!

Keine Zeit für Sandy

Oh, du bist schon da? Hab' die Zeit nicht im Griff sorry, aber das hat einen triftigen Grund. Heute Morgen, als ich mir meine Armbanduhr umschnallen wollte, liess ich sie, aus mir unerfindlichen Gründen (jaja, Körperklaus halt), doch glatt zu Boden fallen. Ungeschickt, ich weiss. Und was ist geschehen? Auf den ersten Blick – nichts. Aber auf den zweiten Blick, und auf den kommt's ja bekanntlich drauf an, sah ich, dass der eine kleine Zeiger rausgespickt ist und nun ganz munter über das gesamte Ziffernblatt rutscht… na toll. Kennst du dieses Spiel bei dem du die kleinen Kügelchen in die Löcher balancieren musst? Ganz genau, das, dass dich zur Weissglut treiben kann. Genauso kam es mir vor, bloss, dass der Zeiger nicht halten wollte.

Und jetzt denke ich mir, vielleicht war das ja ein Zeichen. Entweder wollte das Universum mir mitteilen, dass ich keine Zeit habe, oder es sagte mir, dass mir die Zeit heute eigentlich schnuppe sein und ich, genau wie der kleine Zeiger, einfach mal auf und davon kann. Hamsterrad ade, fertig mit schnöden Runden drehen und das tun, was alle von einem erwarten, stattdessen,

"adenade, tschüss und weg" und die ganze Welt (oder eben das gesamte Ziffernblatt) erkunden. Cool nicht wahr?

Also bin ich dann ganz ohne Armbanduhr aus dem Haus marschiert und liess die Zeit einfach mal links liegen. Natürlich ist sie auch ohne Uhr an mir vorbeigerast und es ward schneller Abend als mir lieb war, aber irgendwie war mir das heute so ziemlich egal.

Ich hatte ja alle Zeit der Welt - oder eben auch nicht.

Geniess den Abend und nimm dir Zeit für dich.

Wegwerfgesellschaft oder welchen Wert hat die Welt?

Leute, ich war vor ein paar Tagen auf dem Nachhauseweg an einem RobiDog vorbeigekommen. Kennst du? Den grünen Kasten für die Häufchen die es seit Menschengedenken zu geben scheint. Aber das bloss am Rande. Viel mehr, hat mich das interessiert, was achtlos daneben lag. Ein Kickboard! Ist denn das die Möglichkeit?!!!

Und glaub jetzt nicht, das hat ein Kind da hingelegt und holt es dann auch wieder ab, nee, nee, mein Schatz. Das liegt noch immer da. Das wurde weggeschmissen, fortgepfeffert, auf den Müll und tschüss und weg. Weil es keiner mehr braucht, kein Schwein es mehr haben will.

Und ich denke so bei mir: In was für einer dekadenten Gesellschaft wir doch leben. Wir haben alles und noch viel mehr. Wir nehmen es uns, gebrauchen es und schmeissen es wieder weg. So einfach ist das Leben. Als ich noch klein war, hatten die Dinge irgendwie mehr Wert. Das

Velöli mussten wir abends ins Rümli versorgen, damit es nicht abhanden kommt. War man rausgewachsen, hat man es Freunden mit kleineren Kindern geschenkt, die Freude daran hatten. War der Fernseher kaputt, haben wir ihn zum TV-Mech gebracht. Der hat ihn aufgeschraubt, geflickt und wieder heile gemacht. Und dann lief der wieder wie eine 1. Wenn der Kassettenrecorder flöten ging, hatte man vielleicht noch einen zweiten Alten, der nicht mehr lief. Man machte also aus zwei Kaputten immerhin wieder einen Ganzen. Veloreifen haben wir selber geflickt mit dem kleinen coolen Flickset, das in allen Satteltaschen war. Ja, wir haben noch Sorge getragen zu unseren Dingen.

Und heute? Ich sehe Überschuss an allen Ecken und Enden. Ich sehe aber auch den Wunsch nach immer besseren, immer neueren Dingen. Teurerem und Schönerem.

Und dann muss auch ich mich wieder an der Nase nehmen. Nochmal eine Tasche? Schon wieder neue Schuhe? Echt jetzt? Die, die ich habe, sind doch noch ganz gut. Wir sollten wieder lernen, den Dingen ihren Wert anzuerkennen. Irgendjemand hat die gemacht (meist ja irgendwo

im asiatischen Raum), wir sollten mehr Freude daran haben, sie mehr wertschätzen und wenn wir sie wirklich nicht mehr benötigen, weitergeben. An andere, die wiederum Freude haben werden. Ich gehe seit geraumer Zeit einmal im Jahr an einen Flohmarkt. Alles was ich nicht mehr haben möchte, zu klein oder zu gross oder zu unbequem wurde, kommt mit. Viel Geld machst du damit nicht, aber die Freude der Menschen, die für sich was entdecken, ist eigentlich so viel schöner als jeder Franken im Sack. Wir sollten auch wieder lernen, Dinge zu teilen. Wir leben in einer Welt voll Überschuss und glauben dennoch, von allem noch mehr zu benötigen. Irrsinn, nicht?

Und so hat mich ein nicht mehr geliebtes Kickboard philosophieren lassen, darüber was ich habe, darüber was ich wirklich brauche und darüber, was ich mehr schätzen sollte. Sag, welchen Wert hat denn die Welt, wenn wir so achtlos mit ihr und ihren Dingen umgehen?

Oh hallo Sommer, du bist da...

...und du auch, schön dich zu sehen. Nun, die meisten meiner Mitmenschen atmen nun endlich auf. Das lange Warten hat ein Ende, der Sommer mit all seinen Reizen ist nun endlich da. Grillieren am Abend, Federball oder Ping-Pong spielen, am See oder in der Badi liegen, Glace essen bis zur Gehirnvereisung, kurze Shorts und offene Schuhe tragen – toll nicht?

Ja, ganz toll. Versteh mich nicht falsch. Auch ich habe mich vor ein paar Tagen über das tolle Wetter gefreut, habe mir einen Cervelat vom Grill schmecken lassen und mir eine Rakete gegönnt. Ich bin am See gelegen und nachts war das Fenster wieder auf. Aber...

...seit gestern Morgen weiss ich definitiv wieder, warum ich eigentlich ein grosser Freund vom Herbst und vom Winter bin. Nachts das Fenster auflassen ist toll, bloss Mückenstiche an den Beinen ist Kacke (trotz Anti-Mücken-Sprützi!). Kaum macht man mal mehr als einen Schritt (oder spielt gar Federball oder Ping-

Pong), läuft einem die Sosse nur so den Rücken runter. Die Shorts meiner Geschlechtsgenossinnen werden jedes Jahr kürzer, so scheint mir, und leider sind das nicht immer die schönsten aller Stelzen, die diese zur Anschauung preisgeben. Am See liegen und baden ist riesig, wenn das Wasser nicht immer so aufgewühlt wäre und man am Abend keine Entenflohbisse hätte und offene Schuhe sind der Hit, bloss sollte man die Füsse vorher mal rasch pflegen, das Auge dankt es einem. Und Bikinis probieren die passen, figur- und hautfarbtechnisch (also auf Kalkweiss passen), ist der blanke Horror.

Sarkastisch? Undankbar? Kann sein. Ich mag es euch ja von Herzen gönnen, dass ihr nun drei oder sogar vier Monate lang Spass habt, aber ich, ich freue mich jetzt schon wieder auf kühlere Winde und Ankle Boots. Und was mache ich nun? Ich hab' mir gestern ein Mückennetz gekauft und an die Decke gepappt, trinke gefühlte fünf Liter Wasser am Tag und vermeide es, zwischen 11 und 18 Uhr nach draussen zu gehen. Meinen Vorrat Sonnencreme 50+ habe ich gewissenhaft aufgestockt und mindestens zweimal kühl duschen am Tag muss drin liegen. Aber die Sommergewitter, die liebe ich sehr...

Also mein Freund. Wenn du mich mal gut gelaunt antreffen solltest, dann sicherlich nicht wegen dem Wetter. Das ist mir nämlich ziemlich schnuppe. Mir geht's sonst einfach prima im Moment... und ich hoffe, dir auch. Machs guet und geniess das Wochenende!

Strohballen, Swiss Quality

Hi, schön dich zu sehen. ich bin heute wieder einmal mit dem Auto unterwegs und habe vor mir einen Lastwagen mit Strohballen drauf. An sich nichts Spezielles, bloss, der Lastwagen hat ein Deutsches Kennzeichen... hmmm... also entweder karrt der nun Strohballen von Deutschland in die Schweiz, oder andersrum. Warum? Haben wir hier keine eigenen Ballen? Oder möchten unsere Freunde ennet der Grenze lieber Schweizer Qualität?

Und jetzt, wo ich so im Stau sitze und mir die Nummernschilder anschaue, muss ich doch feststellen, dass praktisch jedes dritte Schild ein „D" drauf hat. Okay, die wohnen sehr wahrscheinlich hier, die arbeiten ganz bestimmt hier, aber der Typ mit den Ballen... also echt, das soll mir mal einer erklären.

Das ist doch der gleiche Blödsinn, wie wenn man Produkte in ein anderes Land karrt, um sie dort preisgünstiger verpacken zu lassen, bloss,

damit man sie dann sauber verpackt wieder quer durch halb Europa zurückchauffieren kann. Schafft Arbeitsplätze okay, schafft aber auch Fragezeichen, also zumindest bei mir.

Und so hoffe ich, dass sich der Empfänger dieser ominösen Ballen doch was dabei gedacht hat und das Ganze auch irgendwie Sinn ergibt und nicht bloss unnütze Fahrerei bedeutet.

Oh, Stau zu Ende (und keiner weiss wiedermal warum und wieso), ich muss... ciao!

Von A wie Annekäthi zu Z wie Zaccharia

Hellloooo und schön, dass du da bist.

Kannst du dich noch an die Namen deiner damaligen Klassenkamerädli erinnern? Also als ich im Chinsgi war, hiessen die Mädchen Melanie, Barbara, Eva oder Claudia. Wenn die Eltern was wagten, hiess das Mädchen vielleicht Patricia oder gar Carmela. Die Buben hörten auf Marco, Stefan, Thomas oder Rolf. Bei Exoten vielleicht Achilles oder Silvio.

Bei der Generation meiner Eltern hiessen die Mädchen Ruth, Rosmarie oder Annemarie, vielleicht Alice oder Cecile. Die Buben hatten so klingende Namen wie Hans, Hans-Jürg, Hans-Peter, Hans-Ruedi, Hans-Jakob oder Hans-Ueli. Vielleicht mal noch Klaus oder ganz modern - Markus.

Und heute? Heute heissen die kleinen Gören Blue-Ivy, North Dakota oder Funny Spring, wer etwas auf sich hält, tauft seinen Knopf gar Cosma oder Chayenne, Mirabelle oder Xenia (ja, ganz genau wie die Kriegerin). Die kurzen Herren tauft man heute auf Silas oder Basil, Attikus, Linus oder Baron. Geil nicht? Ein Leben lang seinen Mitmenschen seinen Vornamen buchstabieren müssen. Na schönen Dank auch. Ich habe mal von Eltern gelesen, die ihr Kind Pepsi Cola taufen wollten. Pepsi Cola!!! Hast du noch Worte! Als dieser „Name" nicht akzeptiert wurde, landete man vor Gericht. Und dann? Das Gericht hat zu Gunsten des Kindes entschieden. Das trägt nun den wohlklingenden Namen Pepsi Carola (das arme Ding).

Aber da gibt's ja noch die Gegenbewegung, nämlich diejenigen, die ihrem Spross mit Absicht „alte" Namen geben (meist als Hommage an die eigenen Grosseltern und um sich von den hippen Neo-Namen abzuheben). Da wären dann Anna, Emma, Alma oder Hannah für die Prinzessinnen, Karl, Max, Oskar oder Emil für die Jungs.

Also ich persönlich tendiere ja eher zu den „alten" „neuen" Namen, weil diese jeder versteht und ja nicht der Name allein den Träger zu was Besonderem macht.

Und heute Morgen? Heute bin ich an einem parkierten Wagen vorbeigegangen und was habe ich da gesehen? Genau. Einen „Baby an Board-

Aufkleber". Und wie heisst der süsse Fratz denn nun? ERIKA. Echt jetzt? Erika? Und weisst du was? Nach anfänglichem Stutzen und amüsiertem Lächeln, finde ich das Ganze oberklasse. Ein stinknormaler Name, den jeder kennt und jeder mag. Man assoziiert ihn mit einer netten Person, die hilfsbereit und fröhlich, zuverlässig und gut ist. Die Erika eben, die ist schon ein tolles Mädchen.

Also ihr Blue-Honeymoons, Apple Pies oder South Chicagos, Brutuses, Merlins und wie ihr alle heissen mögt. Ich wünsche euch von Herzen einen tollen Tag und vielleicht denkt ihr ja an mich und diese Zeilen, wenn ihr das nächste Mal eure Namen buchstabieren müsst... Ciao!

Nervnervnervnerv

Hallo, schön, dass du da bist. Hast du das auch manchmal, dass du alle deine Mitmenschen am liebsten schupsen, hauen und auf den Mond schiessen würdest? Das beginnt meist im Auto. Alles könnte doch so schön sein, laues Lüftchen am frühen Morgen, blauer See zu deiner Linken und dann das: Ein fast Scheintoter 150-jähriger in seinem Jaguar der satte 40 braust in der 60-er Zone. Oder die olle Tussi, die mit einer Hand die Zigarette aus dem Fenster hält, mit der zweiten Hand das Handy ans Ohr und mit der dritten Hand (???) das Steuer. Oder die Lenkstangengoiferis mit ihrem knackigen Neon-Dress, die weder Handzeichen beherrschen oder sich sonst an irgendwelche (Verkehrs)regeln halten. Verflucht seid ihr alle. Dann geht sogar bei mir der Puls rasant nach oben und ich wünschte mir einen Blitz vom Himmel. Bloss einen, aber der soll sie alle treffen.

Und gestern, da wollte ich an einer etwas beleibten Dame vorbei. Hat es geklappt? Natürlich nicht! Im Schneckentempo (also ehrlich, wären wir langsamer gelaufen, wir wären rückwärts gelaufen), ist die Dame vor mir hergewatschelt. Wollte ich links vorbeisteuern, kippte sie sachte ebenfalls nach links ab (oh, die schönen Blumen vor dem Laden!), wollte ich genervt rechts vorbei, geschah das gleiche (oh, die schönen Kleider an der Stange!). Und ich? Ich suchte die versteckte Kamera und konnte das Scheissding nirgends finden – ich war GENERVT. Diese Leute klauen mir meine Zeit. Sie stehen mir im Weg, sie sind mir zu langsam, zu unorganisiert, zu unkonzentriert, zu faul, zu blöde, was auch immer…

Mir hat mal ein Kollege gesagt, ich sei wie ein Porsche in der 30er Zone. Viel zu schnell für meine Umgebung und durch äussere Einflüsse ausgebremst. Stimmt, und das nervt. Manchmal komme ich mir vor wie Hammy, das superschnelle Eichhörnchen aus dem Film «Ab durch die Hecke». Kennst du oder? Und genau in diesen Momenten, in denen das Blut in den Adern kocht und ich mir schon bildlich die Szene im Fernsehen vorstelle, wenn die Nachbarin unschuldig in die Kamera spricht: «Sie isch doch immer esone ruhigi und ufgstellti jungi Frau

gsi…», muss ich mich selber beruhigen und mir sagen: Scheiss drauf! Schalte einfach einen Gang runter, nicht hetzen, nicht stressen. Du musst ohnehin auf alle deine Mitmenschen warten und auch das nervt. Also drum. Es ist Sommer, es ist stickig heiss und alle sind genervt (ausser diejenigen, die in der Badi den Tag verträumen). Drum: Bevor ich mich das nächste Mal aufrege, ist es mir lieber scheissegal. Und das beherzige ich ab jetzt und von nun an. Ich versuch's zumindest, wenn das nächste Mal ein Rentner oberhalb der Rolltreppe stehen bleibt oder die Alten immer um 12 Uhr mittags einkaufen müssen, dann zähle ich still und leise für mich auf zehn und lächle (und wünsche mir weiterhin einen Blitz, aber einen kleinen).

Bis bald und geniess diese (scheiss) heissen Sommertage!

Täsche welle?

Hi, schön, dass du da bist. Ein Kollege hat mich neulich auf einen sehr amüsanten Umstand aufmerksam gemacht, der mir bis dato so noch gar nicht aufgefallen war. Und zwar geschieht es immer beim Einkaufen. Man kommt an die Kasse und meist steht da ein junges Frölein oder alternativ eine sportlich Junggebliebene (je nach Geschäft nett lächelnd oder auch mal mit einem «Null-Bock-du-kannst-mich-mal-sonst-wo-Gesicht») und nimmt die Ware entgegen. Sie nimmt die Ware auseinander, zum Beispiel die Kleider von den Bügeln, nimmt den Sicherheitsknopf weg (was meist erst nach ein paar Versuchen und unter erhöhter körperlicher Anstrengung funktioniert) und zieht die Preisschilder über den Scanner. Dann drückt sie mit ihren langen, grell lackierten Kunstnägeln etwas genervt auf diversen Knöpfen der Kasse rum, flucht ganz leise (oder setzt sich alternativ die goldene Lesebrille auf die Nase, die bis jetzt an einem Kettchen um ihren Hals hing), und versucht das Kassenproblem zu lösen (indem sie den Bildschirm ghässig fixiert). Frag ja nicht, ob sie den scheiss Preiskleber entfernen kann. Das bringt dir bloss gaaaanz böse Blicke ein! Und anschliessend, wenn du Glück hast (kommt wieder auf das Geschäft und die Dame drauf an), sagt sie dir das Endtotal, wenn nicht, schaut sie dich irgendwann einfach stumm (und dämlich an), bis du merkst, dass du mit bezahlen dran bist... okay.

Und nun. Du bezahlst, ob bar oder mit Karte ist egal. Was dann kommt, scheint immer das Gleiche zu sein: Sie blickt dich an und fragt: «Täsche welle?» Genau. Sie fragt dich nicht: «Möchtet Sie e Täsche?», oder «Söll ich's Ihne in en Sack tue?», nein sie fragt: «Täsche welle?». Ohne Begleiter, einfach nur «Täsche welle?». Meist geht mir das zu schnell, also nicke ich bloss etwas verwirrt und sie packt den ganzen Karsumpel mitsamt ellenlanger Quittung in einen Plastiksack und drückt ihn mir in die Hände. Ich bedanke mich anschliessend tausend Mal für den überaus netten Service, ja Leute, so bin ich nun mal.

Bloss einmal, da war ich im Shoppi Tivoli, ja ganz genau, da wo man sich wie in den Ferien fühlt. Da hat man mich nach dem oben genannten Prozedere (kleine, giftig wirkende Frau mit grell lackierten, langen Fingernägeln an der Kasse) auch gefragt, ob ich meine neuen Kleider denn nun in einer Tasche mit nach Hause nehmen möchte. Sie fragte aber nicht «Täsche welle?», sondern blickte mich gelangweilt an, machte den pink bemalten Mund auf und fragte mich: «He, wotsch en Sack Mann (Maaaaan)?» - auch reizend.

Ich bin gelernte Drogistin, habe also jahrelang im Verkauf gearbeitet und ich glaube, hätten wir damals unsere Kundschaft so behandelt und mit einem Minimum an Worten den Verkauf abgeschlossen, wir wären gemassregelt worden von unserem Chef – und zwar zu Recht.

Aber dies scheint ja wohl der neue Trend zu sein. Sparen. Nicht beim Geld, sondern bei den Worten. «Gasch Coop?», höre ich nun des Öfteren, dicht gefolgt von «Chani Cola?» und «Susch no?». In diesem Sinne. Wenn du das nächste Mal an einer Kasse stehst und du nett/mittelnett/garnichtnett gefragt wirst «Täsche welle?», dann denk rasch an mich.

En Schöne!

Von Bitches und anderem coolen Stuff

Hi, schön dich zu sehen. Ich habe mich neulich ganz spontan in ein Kaffee gesetzt. Neben mir hatte es vier junge Leute, von denen ich anfänglich dachte, die könnten so ziemlich in meinem Alter sein. Ich habe mich also ganz unauffällig daneben gesetzt und meine Nase in ein Buch gehalten. Und jetzt muäsch lose…

Das Mädchen mit dem Pferdeschwanz hatte ihre Freundin nach deren Freund gefragt. Alter? Scho 22gi. Ich zuerst ein bisschen stutzig… SCHO 22gi??? Das Mädchen mit den schwarzen Haaren zurück: Und lersch au grad für d'LAP? Ja voll… und ich? Nein, ich brauche nicht mehr für die LAP zu lernen, das ist bei mir bereits ein paar Jahre her und ich musste mir wohl oder übel eingestehen, dass die vier jungen Leute doch nicht ganz in meinem Alter waren. Hüstel…

Was aber natürlich meiner Neugierde keinen Abbruch getan hat. Und weiter ging die angeregte Diskussion der vier (2 Mädchen, zwei Jungs) und ich musste mit jedem Satz feststellen, dass ich wohl echt nicht mehr zur "jungen Generation von heute" gehöre.

Von "chille" über "disse" bis hin zu "Bitch" und "BFF" war wohl kein Satz wirklich normal. Oder war das etwa normal? Was ist denn heutzutage bitteschön normal? Also, als ich in deren Alter war, hiess das bei uns noch "umeligge" oder "usruebe", allenfalls unter den Coolen bereits "hängä". Und das Wort cool hat wohl auch erst ab der Oberstufe Einzug in meinen Wortschatz gehalten. Bei uns hiess es noch "hör uf so gruusig rede..." wenn wir mal "huere" oder gar "geil" sagten (oder gar etwas wagten und hueregeil sagten). Heute scheinen diese Worte zum Grundwortschatz zu gehören, sind allenfalls bereits gänzlich der älteren Generation (also wie mir!) überlassen worden.

"Disse" war bei uns noch "ärgere" oder "fertig mache" und "Bitch" war keinesfalls ein Ausdruck für die beste Freundin. Auch nicht ironisch gemeint. Und BFF? Best Friend Forever? Oder doch Blöde Fu* Fo*??? Was soll das denn sein?

Weiter? Stuff hiess bei uns noch "Zügs", Sticker hiessen „Abzabildli" oder ganz einfach "Chläber". Einen Shake bestellten wir schon mal gar nicht (weil wir nach der Schule nach Hause gingen), und "Heb d'Frässe du blödi Bitch…" war bei uns noch eine fette Beleidigung. Unsere Freunde liefen noch unter dieser Bezeichnung, heute heissen sie Homies. Aber null Bock hatten wir damals schon…

Aber sooo scheisse alt bin ich ja nun doch noch nicht Leute! Auch wir hatten damals schon unsere ganz eigenen saucoolen Sprüche drauf und waren mächtig stolz, dass die Alten, oder bei uns noch die Gruftis, das nicht rafften.

Chunnsch drus Vogelstruss? Kamerad Thermalbad… Kamerad Schwungrad… Checksch de Pögg oder Easy Peasy (ich weiss im Fall immer noch nicht, wer Peasy eigentlich ist), sind bloss einige davon, an die ich mich nur zu gerne daran zurückerinnere.

Also dann, ihr Muftis und Gruftis und Oldies da draussen – immer gschmeidig bliibe und chills au mal Alte – ich gang jetzt Coop… heb en Schöne, aber nöd mine! Adenade…

Digital Detox

Hallo, schön, dass du da bist.

Ich ging gestern an einer Mauer entlang und habe da diesen Spruch gesehen – und er hat mir spontan gefallen. «Heute bleiben die Mails unbeantwortet». Das ist doch mal 'ne Ansage, nicht?

Ich finde den Gedanken ganz reizvoll, sich mal wieder wie in den 90ern zu verhalten und seine Mailflut ganz einfach zu ignorieren. Beruflich kaum möglich, ich weiss, aber wer's glaubt oder nicht, ich bekomme privat beinahe so viele Mails. Und die Hälfte davon ist einfach nur für den Eimer. Ankündigungen, ich hätte soeben Millionen gewonnen, Angebote für Penispumpen oder Ultra-Rapido-Schlankmacher, Meinungsumfragen oder Mitteilungen, dass soeben meine Bestellung das Versandhaus verlassen hat. Good to know, aber eigentlich brunzegal. Ich habe leider keine Millionen gewonnen, benötige keine Penispumpe oder Schlankmacher, Meinungsumfragen ignoriere ich gekonnt und freuen tue ich mich erst über eine Bestellung, wenn sie vor meiner Haustüre liegt. Wir ertrinken in einer Flut von unnützen Informationen und Wissen, die keinem Schnauz auch bloss die kleinste Verbesserung im Alltag bringen, sondern einfach bloss die Nerven strapazieren.

Und genau deshalb, finde ich diesen Spruch ganz toll und werde in meinem privaten Alltag versuchen, ihn im weitesten Sinne umzusetzen. Sprich, ich werde weniger Zeit am PC verbringen oder auf sozialen Netzwerken aktiv sein, denn sind wir ehrlich, die Hälfte aller Beiträge interessiert NIEMANDEN und dienen einzig und allein der Selbstprofilierung. Ob Patricia jetzt Blumen erhalten hat oder Stefanie duschen geht, ist mir schnuppe. Ich werde weniger ins Handy töggelen und stattdessen vielleicht wieder einmal einen Brief oder eine Karte schreiben. Ich werde gezielt meine mir nahestehenden Menschen anrufen, statt bloss eine Floskel per sms senden, um das Gewissen zu beruhigen. Ich habe bereits die meisten Newsletter abgemeldet, weil sie uninteressant sind und einfach bloss nerven, und auf Instagram sehe ich mir zur Beruhigung oder Belustigung noch die Tierfilme an, fertig.

Digital Detox heisst das doch, oder nicht? Ich nenn es «Lebensqualität-Rückgewinnung».

In diesem Sinne mein Freund. Ruf an, wenn du hören möchtest, wie es mir geht oder schreib mir eine Karte, darüber würde ich mich sehr freuen. Und weisst du was? Ich gönne mir jetzt den Luxus, schalte den PC aus und gehe nach draussen an die frische Luft. Wo das wahre Leben tobt und mir keiner böse ist, wenn ich kein like hinterlasse…

Sandy hat die Gruppe verlassen…

HEUTE BLEIBEN DIE MAILS UNBEANTWORTET

Und jetzt?

Fertig!

Sorry gäh...